열여섯 꼬마 시인들

관기초등학교 4학년 2반

열여섯 꼬마 시인들

어린나무 같은 나의 제자들에게

얘들아,

선생님은 너희들을 만나서 행복했다.

한 달 두 달이 지날 때마다 너희들이 자라고, 여름방학 지나서 가을을 지나고는 부쩍 크는 게 눈에 보였다. 어쩜 그렇게 마음도 몸도 더더욱 자라는지, 그런 너희들을 볼 때마다 선생님은 기뻤단다.

이 모든 것이 선생님과 함께 있는 동안 일어난 일이란다. 그 어느 누구도 성장 없이 제 자리에만 있는 사람은 없었단다. 우리 모두는 함께 컸다고. 그래서 너희들이 자란 것이 선생님에게는 아주 잘 보인다고 말해 주고 싶구나.

그렇게 너희들은 예쁘게 자랄 것이다. 그래서 잎도 자랄 것이고, 뿌리는 더욱 깊게 내릴 것이며, 줄기는 더욱 튼튼해지겠지. 이렇게 커다란 나무로 자라는 너희의 모습을 상상해볼 때면 선생님은 기쁘단다.

애들아, 너희들을 만나서 선생님은 참 행복했다.

유동애 선생님

김원석

김휘선

박성윤

열여섯 꼬마 시인들

손 문경

송 형진

신 서연

차례

열여섯 꼬마 시인들

이지율

정용운

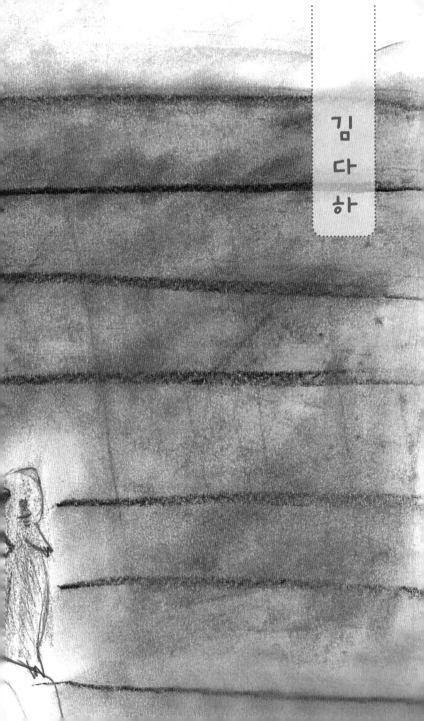

김
다
하

마카롱

바삭바삭 샤르르르

이건 과자야? 빵이야?

입에 넣으면

입안에서 왈츠를 춘다

달고나 뽑기

이건 달고나,
그래 꼭 뽑고 말 거야!

안 돼,
나의 달고나가 깨져버렸어!

아아,
단맛 대신 맛본
쓴맛!

계곡

시원한 계곡
얼음물을 가져왔나?
아니면
북극에서 물을 가져왔나?

얼음보다 차가운 계곡

강낭콩의 탄생

강낭콩을 심었다
물을 주었다
자랄까? 자라지 않을까?

이름을 콩낭이라고 지었다
콩낭이가 자라면 어른이 되겠지
나보다 먼저 콩낭이가 자라는구나!

김
수
현

고슴도치

따끔따끔 다리 달린
밤송이가 살금살금

뾰족뾰족 다리 있는
밤송이가 그용그용

시간

주말과 평일은 시간의 흐름이
하늘과 땅 차이

평일은 매우 느리게 가는데
주말은 빛의 속도로 시간이 간다

내가 시간을 조종한다면 얼마나 좋을까?
월화수목금요일을 다 주말로 바꾸고 싶다

시간을 멈추어서 일을 바꿔 버리고 싶다

이 말이 이상할 수도 있어

일 더하기 일은 뭐야?

엄마 얼굴

나팔꽃보다 예쁘다

연꽃보다 예쁘다

해바라기보다 예쁘다

누구긴,
우리 엄마지!

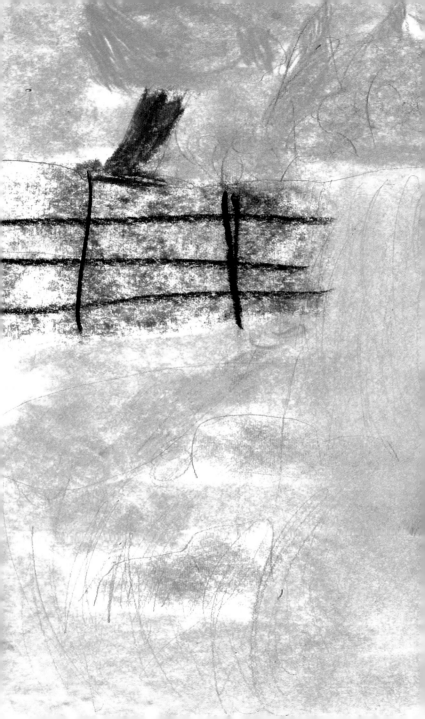

김원석

가을

가을이
곧 올 것 같다

근데
왜 이렇게 덥지?
여름 아니야?

알고 보니
가을이 왔었다

근데
여름이 가을을 삼켜서 그렇다

배불뚝이 동생

볼록 튀어나온 둥근 배
얼마나 먹었길래
볼록 튀어나온 배

'이제 좀 다이어트해야겠다'
생각만 하는 동생

그 생각까지 더해져
계속 몸무게가 불어나는
내 동생

윙 윙 윙

날아다니는 파리
날아다니는 모기
날아다니는 잠자리
날아다니는 하루살이
날아다니는 곤충들

곤충들 때문에
귀가 터질 것 같다

생존 수영

생존 수영을 했다
어푸어푸

살아야겠다는 생각이 무거워

김
휘
선

송편

송편을 만든다
반달처럼 생긴 송편

송편을 만들고
내가 먹으면 정말 맛있다

계속 먹다 보면
없어진다

밖을 바라보면 또 있다
바로 반달 송편

보름달

밤하늘을 바라보면
달이 보여요
그중에 보름달은
소원을 빌 수 있죠

가장 둥그런 달
보름달

나의 소원은
우리 모두 둥그렇게
보름달처럼
사는 것이에요

책상 위

나의 방안 책상 위 서랍, 책, 노트, 연필, 지우개, 알
람 시계, 조명, 화장지……
책상 위 조명만 켜고 시를 쓰네 어두운 방 책상 위
만 밝네 시를 계속 쓰네 벌써 두 번째 시 책상 위
조명만 켜고 책을 읽네 벌써 두 번째 책상 위에서
그림 그리네 벌써 두 번째 책상 위 시 책 그림이
놓여 있고 조명은 꺼진 채 잠에 드네 책상 위 아름
다운 꽃이 폈네

햇빛

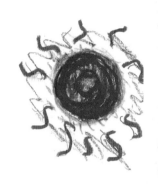

해가 쨍쨍
선크림과 모자 쓰고 밖으로

선글라스 끼고
해를 바라본다

햇빛이 나한테 왔다

내 마음도 해처럼 쨍쨍하기를

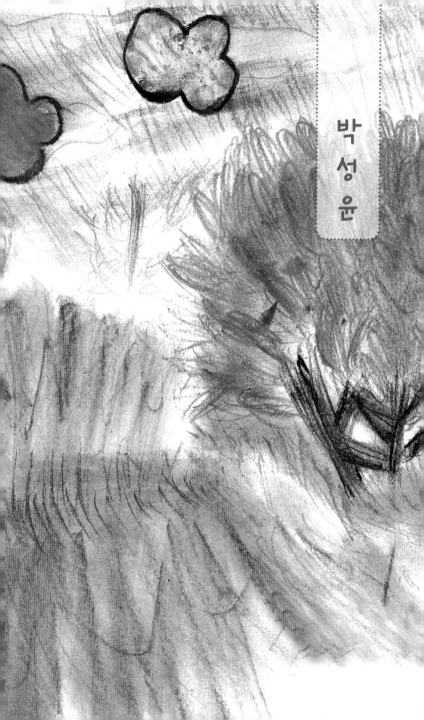

박
성
윤

생존 수영

어푸어푸 생존 수영
첨벙첨벙 생존 수영

무섭기도 하고
재미있기도 한 생존 수영

생존을 하려면
배워야 할 수영

생존을 하려면
수영, 말고도
배울 게 많겠지.

생일 파티

오늘 내 생일
정말 재밌는
생일 파티

촛불을
후~ 불고
케이크도 먹는

촛불 켜고
소원을 빌고

친구들
선물도 받는
생일 파티는 정말 좋아!

미술 시간

쓱싹쓱싹 미술 시간
물감도 쓰윽 쓱
물은 톡톡

드디어 완성!

정말 정말
'내가 그린 거 맞나?'
싶은 내 작품

시험

안 떨리면
시험이 아니다
두근두근 두근두근……

모르는 것은
내가 생각하는 걸로
찍고

제발 백 점 맞았으면
하지만
백 점은 아니다

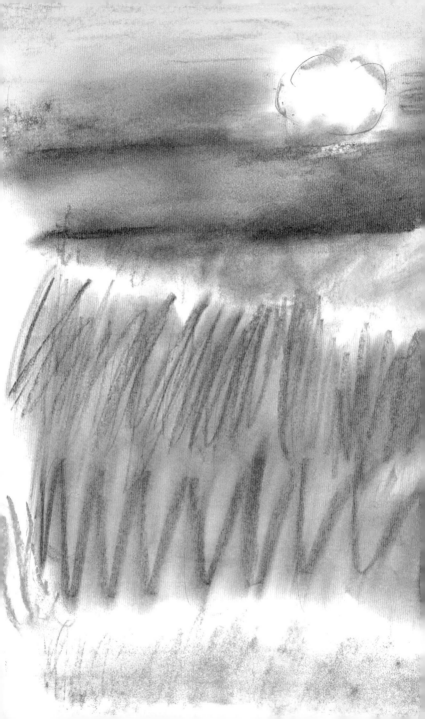

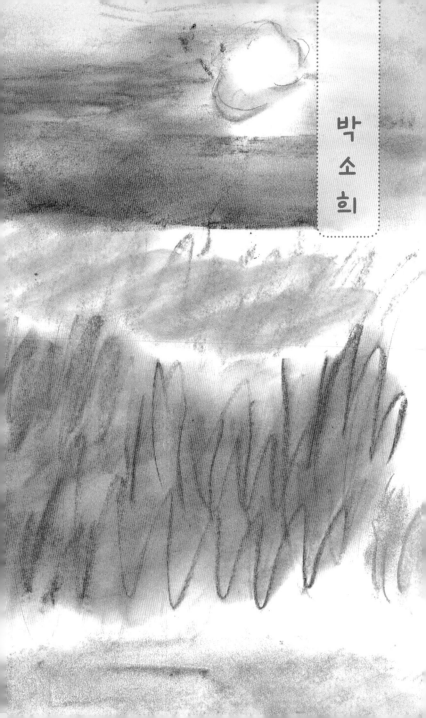

박
소
희

오케스트라

현악기 관악기
목관악기 금관악기 타악기

다 같이
맞추어 보는 것이 합주

김다하 김수현
신서연 오은율 유설아⋯⋯

다 같이
어울려 노는 것도 합주

오케스트라,
뿌듯함과 기쁨을
다 느낄 수 있게 해 준다

구름

몽실몽실
예쁜 구름
한 입 앙!
베어 보고픈 구름

구름 위에서 자고 싶다
구름 위에 올라가고 싶다

구름아
내가 올라갈 때까지 기다려야 해

방학은 짧다

두근두근
드디어 방학이 시작되는 건가?

언제든 놀아야지
늦잠 자야지 게임해야지
여행 가야지

엥?
벌써 방학 끝…

가을

숲아,
가을의 예쁜 풍경을
만들어 줘서 고마워!

청설모야 다람쥐야
도토리 많이 먹고
겨울 잘 보내기를

숲 다람쥐 청설모야
우리 내년에 다시 보자
꼭 다시 만나자

박소희 47

박
예
윤

패러글라이딩

패러글라이딩을
타려 하니
마음이 두근두근

있는 힘껏 달려
하늘 위로 슝슝!
밑에 있는 건물들이
한눈에 쏙!

두근두근 마음이
신나는 재미로
바뀌었다

신발

신발을 보면
계절을 알 수 있다

여름에는 슬리퍼,
겨울에는 운동화

신발을 보면
날씨를 알 수 있다

장화는 비 온 날,
방한화는 눈 온 날

생존 수영

어푸어푸 생존 수영

꾸르륵꾸르륵 소리가
나는 잠수,
페트병을 퐁당 던져서
구조 성공!

뒤로 천천히 누우면 편안
생각보다 재미있는
생존 수영

종이

찌지직 종이 찢어지는 소리

쓱쓱 지우고 쓰는 소리

여러 가지 꿈을 적을 수 있는
종이,

아껴 써야겠다

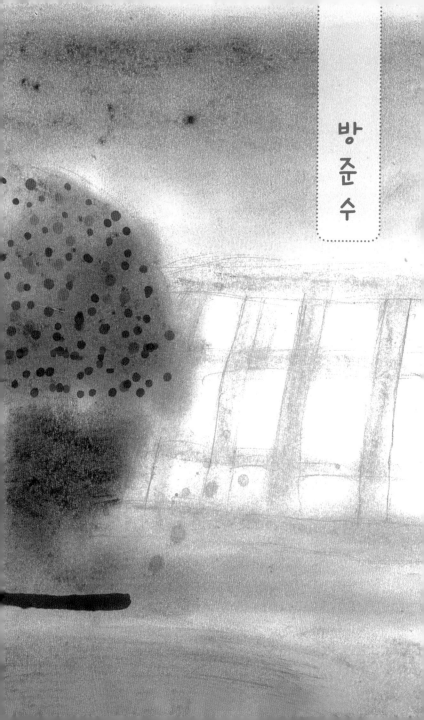

방 준 수

바꾸고 싶다

칠판에 적혀 있는 시간표
가끔씩 내가 싫어하는 과목도 있지만
대부분 내가 다 좋아하는 과목이다.
만약 내가 조종할 수 있다면
체육, 체육, 체육, 체육, 체육으로 바꾸고 싶다

생존 수영

어푸어푸
어푸어푸

숨을 참고
후우!

구명조끼
찰깍 착용하고

물에
동동 뜬다

옆 사람이 수영할 땐
물이 튄다

찰방찰방
첨벙첨벙

피구

피구는 참 재미있다
공을 던지고 맞추고
공을 잡는 스릴에
피구를 한다
외야에서 공을 주고받고
여럿이서 돌리기도 하고
언제 해도 정말 재미있다

우리 선생님

우리 선생님은
참 다른 선생님보다 특이하다
국어 쓰기도 시키고
다른 선생님이 안 알려 주시는
고급 정보를 알려 주시기도 하고
참 특이한 우리 선생님

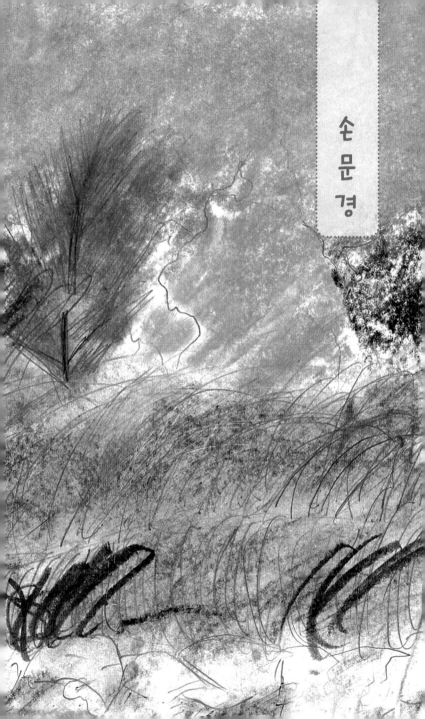

손
문
경

연못

연못에서 물이 줄줄 흘러가지

개구리가 폴짝폴짝 뛰어가지

연꽃은 물 위로 둥둥 떠 있지

물고기는 어푸어푸 헤엄을 치지

가을 밤하늘

풀 속에 귀뚜라미들이 지지지 울어대고
바람은 모양이 없이 윙윙 바람이 불고
저어 높은 하늘에는 보름달이 밝게
전 세계를 밝게 비춘다
조금 떨어진 곳에서
별도 비춘다

포켓몬 카드

포켓몬 카드를 샀다
박스를 뜯는 순간
두근두근 설렘
무슨 카드가 나올까?
아 카드가 나왔다

또 또 두근두근
마지막이지만 설레인다
찍찍찍찍 뜯었다

무슨 카드일까?
좋은 카드가 없다
보물쪽지를 못 찾은
소풍날 같나

체육 시간

헉헉헉
땀이 줄줄 너무 힘들다

이어달리기를 한다
발이 빨라진다

후후후후
숨이 빨라진다

이제 마지막이다
우와우와
우리 팀이 이겼다

송
형
진

핸드볼

골대를 향해
공을 던지면
가슴이 짜릿짜릿

공아,
들어가라!
공아, 들어가라!

하지만 안 들어가는 공
다시 돌아오지 않는 공

별빛 밤

반짝반짝
빛이 나는 별

별은
혼자서
빛나지 않는다

아름다운 별
예쁜 별
반짝반짝 하늘을 비춘다

나는
달빛 밤보다
별빛 밤이 좋다

학교생활

지켜야 되는 학교생활 규칙

지키기 힘든 학교생활 규칙

그 사이
학교생활

미술 시간

물감이 주룩주룩
소리는 뿌직뿌직

형편없는 그림 실력
그래도 재밌다

연습을 해야겠다

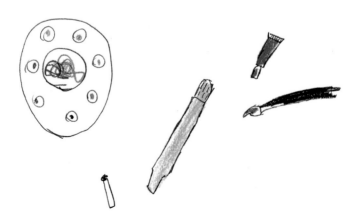

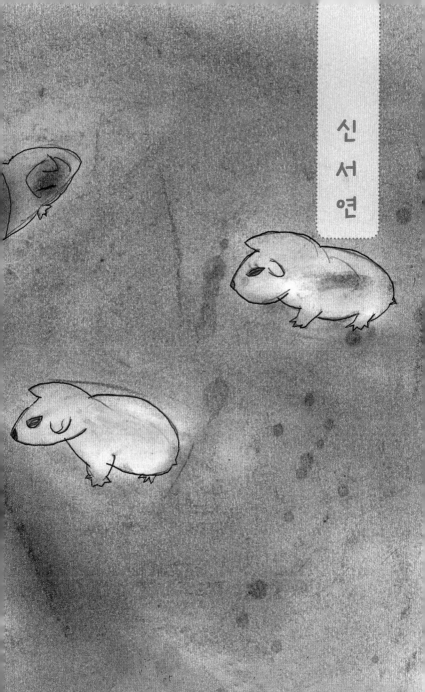

신
서
연

강낭콩

강낭콩에게 물을 주면
금세 금세 큰다

줄기가 두꺼워지고
열매가 맺힌다

그러다
강낭콩이 된다

사과

사과들이 내 입에서
노래를 한다
아삭아삭 아사삭 아싹아삭

빨간 색깔로
팡팡! 과즙으로

나뭇잎

나뭇잎은
가을에 떨어져
결국….

쯔그락 찌그락 밟혀
어디론가……
날아가고 만다

솜사탕

몽실몽실 솜사탕
푹신푹신 솜사탕
구름 같은 솜사탕

입에서 사르르
사르르 녹는다

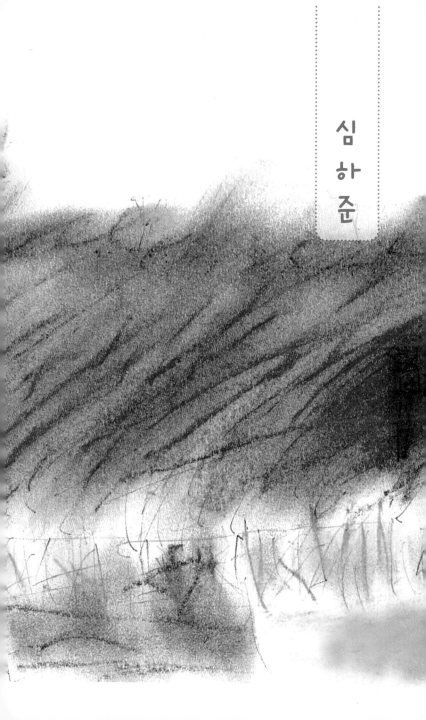

송편

달처럼 둥근 송편
가족들 둥글게 모여앉아

송편 하나에 웃음꽃
송편 하나에 이야기꽃

하하 호호 웃음소리
송편은 행복 주머니

보름달

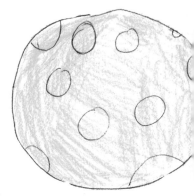

밝은 얼굴
밝은 미소
반가운 가족들 모여 앉았네

창밖을 바라보니
환한 얼굴 환한 미소
오늘따라 더 밝게 비춘다

다음 추석에도
더 크고
더 빛나게 찾아오렴

할머니의 미역국

할머니가 끓이시는
맛있는 미역국

부드러운 미역 한 주먹
쫄깃한 고기 한 움큼
고소한 참기름 한 숟갈

보글보글 끓여주신
사랑 한가득 미역국

아빠 팔베개

부드럽고 따뜻한 아빠 팔베개

베면 스르륵 잠드는 아빠 팔베개

언제나 나를 위해 해 주시는 아빠 팔베개

베개 중에 가장 좋은 베개 아빠 팔베개

우웅
어엉

생존 수영

첨벙첨벙 물소리가 들린다 수영모를 쓰고 물안경을
끼고 첨벙첨벙 배영을 한다 꾸르르르 물에서 숨을
불고 내쉰다 수영을 할 땐 가슴이 두근두근 뛴다
물고기가 뭍에 올라온다면 나 같은 마음일 거다

외할머니 댁

오랜만에 온 외할머니 댁
강아지는 왈왈 짖고
바다는 파도 소리를 낸다

외할머니 댁에 가면
살이 2킬로 찐다

왜일까? 왜일까?
아… 외할머니가
편한 마음을 먹여서 그런가 보다

오은율 87

동시 쓰기

쓱쓱 연필 소리
꾸깃꾸깃 노트 소리

동시는 어려워
이것도 아니야
저것도 아니야

휴, 다 됐다!

바람

휘이이 바람 소리

바람을 맞으면 기분이 좋아

너른 들판이면 더 좋아

휘이이 나의 사랑 바람

쉬는 시간

잠깐 쉬는 시간인데 다하가 용운이에게 책상을 물
티슈로 닦으라 했다 다하는 책상 당번이라서 그렇
게 말했다 용운이는 물티슈가 없었다 용운이는 화
를 냈다 다하에게 그래서 화를 냈다 다하는 울었
다

쉬는 시간이 끝나고 중간놀이 시간이 끝났다 용운
이가 다하에게 사과를 했다 다하는 받아주지 않았
다 학교가 끝나고 집에 가는 시간이 되었을 때 다
하는 용운이의 사과를 받아 주었다 드디어 끝났다

몰래 먹는 라면

엄마가 자고 있을 때
천천히 뚜껑을 열고
물을 천천히 부어서
동생이랑 먹었다
하나를 나누어서 먹었다

그리고 밥을 찾았다
국물에 밥을 넣었다
나만 혼자 먹었다
엄마 몰래 먹었다
꿀맛이었다

전학 간 날

저쪽 학교에서 3학년을 끝내고
다른 학교로 전학을 갔다

처음으로 학교 간 날
무엇을 배울까?
무엇을 할까? 어색했다

두근두근 가슴이 떨렸지만
자기소개가 끝나고
내 자리에 가서 앉았다

새 선생님이랑 공부하니까
재미있고 신기했다

밥도 맛있고 반도 좋고
관기초등학교는 좋은 학교다

비밀 이야기

남자애들끼리 진실게임을 한다
누구를 말하나 긴장한다
진실게임은 참 재밌다
근데 우리 반에서 그런 사람들 딱 두 명이 있다

이
지
율

보랏빛 하늘

엄마,
하늘이 보라색으로 물들었어요!

"아,
그건
너를 향한 엄마의 사랑색이란다".

할미꽃

굽은 허리 곧게 펴려
봄나들이 나온
할미꽃

따스한 봄 햇살 받으려고
곧은 허리 굽어지는
할미꽃

홍시

나뭇가지 끝에
앉아 있는
말랑말랑 익은 홍시

톡, 하고
건드리면
주르륵 흘러내릴 것 같은

가을바람
살랑 불어오면
툭, 떨어질 것만 같은

발갛게 잘 익은
가을!

가을바람

문을 두드리는 소리

누가 그랬을까?
문 열어보면
은은하게 불고 있는
가을바람

누가 보고파 두드릴까?

정 용 운

김밥천국

김에다가 밥 올리면 맛없어 보이지만
거기다가 야채를 넣어 주면
맛도 증가하는 김밥
김밥이 맛이 있어져서
김밥이 천국으로 갈 수 있는 김밥

떡볶이 먹을 때마다

가래떡을 잘라서
양념을 묻히면
맛있는 떡볶이
안 먹곤 못 배겨!

먹어도 먹어도
살이 안 찌는
떡볶이를

꼭
내 손으로
만들고 싶어진다

치킨

닭을 잡아서
튀김가루를 묻히고 튀기면
치킨이 된다

불쌍하지만
미안하지만
나는 닭다리가 좋다

닭아 닭아
나의 칼로리가 되어
자전거를 타자
씽씽 돌아다니자

자전거

내 마음은 빨리 달리며
자유를 가지고 싶은데
마음처럼 안 된다

나도 좀 빨리 달리고 싶은데
자꾸 오른쪽으로 넘어진다
오른쪽 다리가 무겁나보다

자전거야 힘내라
나도 힘낼 테니

관기초등학교 동시집

열여섯 꼬마 시인들

저   자 | 관기초등학교 4학년 2반
발행자 | 오혜정
펴낸곳 | 글나무
서울시 은평구 진관2로 12, 912호(메이플카운티2차)
전   화 | 02)2272-6006
등   록 | 1988년 9월 9일(제301-1988-095)

2022년 12월 15일 초판 인쇄 · 발행

ISBN 979-11-87716-72-3 03810

값 12,000원

저자와 협의하여 인지를 생략합니다.